Christian Jolibois
Christian Heinrich

Nom d'une poule, on a volé le soleil !

PKJ·

L'auteur

Fils caché d'une célèbre fée irlandaise et d'un crapaud d'Italie,
Christian Jolibois est âgé aujourd'hui de 352 ans.
Infatigable inventeur d'histoires, menteries et fantaisies,
il a provisoirement amarré son trois-mâts *Le Teigneux*
dans un petit village de Bourgogne,
afin de se consacrer exclusivement à l'écriture.
Il parle couramment le cochon, l'arbre, la rose et le poulet.

L'illustrateur

Oiseau de grand travail, racleur d'aquarelles
et redoutable ébouriffeur de pinceaux,
Christian Heinrich arpente volontiers
les immenses territoires vierges de sa petite feuille blanche.
Il travaille aujourd'hui à Strasbourg et rêve souvent à la mer
en bavardant avec les cormorans qui font étape chez lui.

Du même auteur et du même illustrateur

Album collector (tomes 1 à 4)
Album collector (tomes 5 à 8)
Album collector (tomes 9 à 12)

Loi n° 49-956 du 16 juillet 1949
sur les publications destinées à la jeunesse: octobre 2005.

© 2003, Éditions Pocket Jeunesse, département d'Univers Poche.
© 2005, Éditions Pocket Jeunesse, département d'Univers Poche, pour la présente édition.

ISBN: 978-2-266-15663-9

Achevé d'imprimer en France par Pollina, 85400 Luçon – n° L67788
Dépôt légal: octobre 2005
Suite du premier tirage: avril 2014

À mes petites sœurs Odile et Agnès,
sur leur île ensoleillée de Nouvelle-Calédonie.

(C. Jolibois)

À ma petite sœur Florence
au milieu des « cherche-soleil » de sa terre natale.

(C. Heinrich)

Le soleil n'est pas encore levé,
mais petites poules et poussins
sont déjà réveillés.
Coqsix, Liverpoule, Coquenpâte,
Hucocotte, Vienpoupoule et Molédecoq
attendent sagement dans leur nid.
Et, soudain, c'est la ruée !

– Ouh-ouh, les parents ! Vous nous faites une place ?

Ce sont les chaleureuses retrouvailles du matin.

Pareillement à leurs copains,
Carmen et Carmélito réclament eux aussi un câlin.
Carméla les laisse se glisser bien au chaud, sous son aile,
comme lorsqu'ils étaient tout petits.

Leur père Pitikok est déjà au travail.
C'est lui qui, chaque matin, fait lever le soleil.

Par la fenêtre, Carmen admire son papa,
fièrement juché au sommet du tas de fumier.
Noble et superbe, il lance son appel vers le ciel.

cocoricoooo !

Et, une fois encore, le miracle s'accomplit !
En cette belle matinée de juin, l'astre du jour pointe à l'horizon.

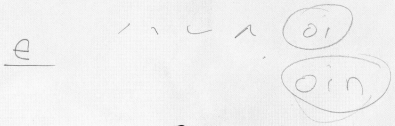

– **Papaaaa !**

– C'est notre papa qui l'a fait !

– Quand je serai grande, dit Carmen,
eh bien, moi aussi, je commanderai au soleil !

– N'importe quoi ! ricane Coquenpâte. T'es une fille !
Seuls les coqs ont le pouvoir de faire lever le soleil !

Hélas, le lendemain est un jour sombre.
En effet, Pitikok ne peut décider l'astre solaire à quitter son lit…
Pire, il se met à pleuvoir.

—T'inquiète pas, Pa' ! l'encourage Carmen.
Après la pluie, le beau temps.

Passent les heures, passent les jours…
Et le soleil reste sourd.
Une semaine s'achève, une autre commence,
mais le soleil ne réapparaît toujours pas.
Le 18 juin, Pitikok lance son appel.

En anglais : Cook-a-doodle !

Quiquiriki

En espagnol :

En russe : Kou-ka-ré-kou !

En chinois : Wou Wou !

En irlandais :

Cuc-a-dudal-du !

**Kou
Kou
Kou
Kou !**

En japonais :

En italien :

Chichirichi !

En allemand :

KIKERIKI !

... Hélas, rien n'y fait !

La fin du mois approche.
Toujours pas de soleil…

... et le déluge continue.

Très inquiets, Carmen et Carmélito
interrogent leur ami Pédro, le vieux cormoran.
– Ce qu'il faut savoir, mes enfants, leur explique Pédro,
c'est que le soleil est un immense jaune d'œuf céleste…

... et quand on ne le voit plus...
c'est qu'il est cuit !

La petite Carmen est consternée.
– Ce pauvre Pédro devient gâteux !
Tout le monde sait que le soleil
est une grosse boule de gaz brûlant...

Pendant ce temps, au poulailler, on complote sur les perchoirs.
Les petits coqs se sentent tout à coup
pousser des ailes et s'enhardissent.
– Pitikok a perdu ses pouvoirs ! proclame Coquenpâte.
L'heure est venue de prendre sa place.

— Il a raison ! s'enflamment les autres jeunes coqs.
Allons sur le tas de fumier !

Seul Coqueluche, qui a pris froid, refuse de les suivre.
— Sans boi, les cobains, je suis balade !

Carmen et Carmélito sont très tristes.
Ce matin, leur père a une nouvelle fois échoué dans sa mission.

— Place ! Place ! Écartez-vous !
s'écrient en chœur les jeunes rebelles.

— On va montrer à Môôssieu Pitikok ce qu'on sait faire !
dit Molédecoq.
— Ouais… Votre père est devenu un mou de la glotte !
se moque Coquenpâte.

—T'as pas le droit de dire ça de mon papa,
s'emporte Carmélito en lui volant dans les plumes.

Carmen, qui déteste les combats de coqs,
décide de mettre fin au pugilat.

— Si tu n'étais pas intervenue, Carmen, je les aurais…

— Il y a mieux à faire que de se taper sur le bec,
dit la petite poule.
J'ai demandé à Bélino de nous accompagner.
Frérot… nous allons retrouver le soleil !

—Attendez-moi, tous les deux, demande Carmen. Je reviens.

CRAC !

— Le « cherche-soleil », c'est connu, a toujours la tête dirigée vers le soleil. Il suffit de suivre la direction indiquée par cette fleur pour le trouver !

—Tu n'imagines pas tout ce qu'elle connaît pour son âge, Bélino…

— Par ici, les garçons !

— Moi, dit Carmélito, je crois que le soleil est malade.
Eh oui ! Quand on est malade, on reste couché.

— Et même terriblement malade, ajoute Bélino,
soudain très inquiet. Lorsque nous le retrouverons,
il sera peut-être déjà mort !

Sur les indications du « cherche-soleil »,
Bélino, Carmen et Carmélito battent la campagne.
Avec obstination, ils fouillent les forêts et les bois,
explorent la moindre petite grotte
où le soleil pourrait se cacher…

Jusqu'à ce que…

— Regardez ! s'écrie Carmen.
La fleur indique la direction du Moulin de Colbert.

— Salut, les amis ! lance Colbert en apercevant
les trois aventuriers épuisés et trempés.

Le canard n'a jamais été à pareille fête.
Un mois de mauvais temps ininterrompu ! Du jamais-vu !

– La-laaa-la-la-la-liiii...

Chantez et dansez avec moi !

« Je chante sous la pluie...

... Je chanteuuuu sous la pluiiiie... »

– Désolé, Colbert, mais nous, on n'a pas le cœur à rire,
dit Carmélito.

– On cherche le soleil ! ajoute Bélino.

– Si demain le soleil ne se lève pas, eh ben,
papa va perdre sa place, conclut la petite Carmen.

Le soleil ? Colbert n'en revient pas.
– Mais… il est à l'étage ! Suivez-moi, je vais vous conduire.

Nous sommes dans le moulin des frères Montgolfier
qui, dans leurs ateliers, fabriquent du papier.

— Et à quoi leur sert tout ce papier ? s'étonne Belino.

—À imprimer des canards !

TOC !
TOC !

À la queue leu leu, ils traversent sans bruit
la chambre des frères Montgolfier.

—Ah ! flûte ! s'exclame Colbert.
La porte de l'atelier est fermée à clef.

— Pas de panique, dit Carmen en examinant les lieux.
Nous allons passer par la chatière !

— Et voilà ! s'exclame Colbert. Je ne vous avais pas menti.

Bélino, Carmen et Carmélito se précipitent vers le prisonnier.

—Youpiiii! Il est vivant! s'écrie Carmen.
Regardez comme il est content de nous voir!

— Courage, vieux! lui dit Bélino.
Nous allons t'arracher des griffes de ces deux affreux!

Tiré de son sommeil
par tout ce remue-ménage, un des frères s'écrie :
— Joseph ! Un poulet rose est en train de voler notre invention !

— Un poulet rose ! Mais bien sûr…
Étienne, va te recoucher, demain une dure journée nous attend.

37

Majestueux et silencieux,
le ballon, libéré,
s'élève aussitôt
vers les cieux.

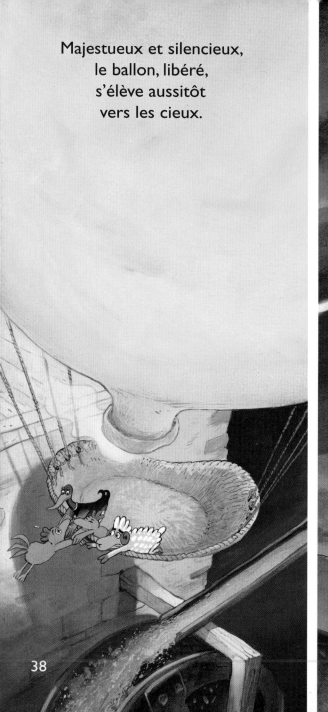

Emportés par le soleil, poulets, canard et bélier
quittent le plancher des vaches !

Ça n'a l'air de rien comme ça, mais...
c'est le premier vol habité de toute l'histoire de l'humanité !

Carmélito et Bélino découvrent, émerveillés,
que les nuages sont des moutons géants.
Carmen, elle, s'interroge :
— Nom d'une poule ! Vue d'ici,
on dirait que la Terre est ronde…

— Le poulailler !

Au même moment, Carméla accompagne Pitikok à son travail.
Il se fraye un passage entre les poules mouillées.
C'est sa dernière chance.

— Pffff! Il ne réussira pas! caquettent les commères.

Et c'est dans un silence de mort
que Pitikok lance son cri vers le ciel.

– J'ai réussi !
Le soleil est de retour !

Tandis que le ballon-soleil exécute un bel atterrissage en douceur…

… le soleil, le vrai, pointe enfin le bout de son nez.

Et, par cette belle matinée ensoleillée,
sous l'œil noir des jeunes coqs dépités,
c'est le triomphe du papa de Carmen et Carmélito.

Cela fait maintenant un mois que le soleil brille au-dessus du poulailler. Les petites poules ont retrouvé leur joie de vivre.

Carmen a même inventé un nouveau jeu :

– 1... 2... 3... Soleil !

Par contre, chez les frères Montgolfier,
le temps est à l'orage.
— J'te jure, Joseph, avec le poulet rose,
il y avait aussi un mouton et un canard…

— N'aggrave pas ton cas, Étienne, et pompe !